句集

春の雁

所 山花

tokoro sanka

文學の森

句集　春の雁◇目次

装丁　宿南　勇

句集　春の雁

「鶴」再復刊

昭和二十八年〜四十四年（石田波郷選）

鴨鳴いて祖母逝く夜川流れをり

映画「ひめゆりの塔」を見て

悴《かじか》みて生き残りけり映画果つ

学生に宿なし基地に野分満つ

基地の月しづかに教師こそ怒れ

深雪中来る登校の列正し

無着成恭君より年賀状来る

みちのくに君笑めば寒ゆるびずや

梅雨に逝きし生徒や夜も働きし

読み難き徽のノートや生徒の忌

生徒の墓訪ふ秋風に追ひ抜かれ

木曾路

斑猫《はんみよう》の飛びて馬籠へ坂嶮し

水溜まり飛び過ぎ秋のバレリーナ

師も友もまた吾も病めば
病雁の日照る高さを飛びにけり

廃工場寒雲に鳶舞ひ上り

寒月にわが家売られむ瀬音かな

手袋を落せし奈良を立ちにけり

秀野亡し双眼鏡に冬木の芽

教へ子小宮礼志君を悼む

宙に湧く雪片くろし礼志死す

「原爆許すまじ」と歌ふに飛び飛ぶ雪

薔薇芽立つ合唱は今被爆の歌

退院　二句

風吹いて蕗の小叢となりゐたり

吾子に臀《しり》押され歩めり夕雲雀

皆昼寝してをり家運傾きて

基地の有刺線きりぎりす鳴きかはし

第四回教育科学研究全国大会に出席す

吾等の笑ひ汗の鼻のみ孤立して

原子砲来《く》すでに臍吹く秋の風

蚊帳出づる子の人形を踏み鳴らし

教へ子罪を負ひて家出す

その夜その家無花果《いちじく》に雨降りゐたり

波郷先生より「鶴」同人推薦の手紙あり

酔果ての心に飛ばす秋の鶴

教へ子より菊を贈られて

豆の蔓からみしままの菊を挿す

拡がる基地独りの夜の栗を焼く

月下戻るたたかふ靴の鋲欠けて

冬日に駈くる猫背鳩胸みな少女

父祖よりの沼田刈株雪のせて

垂井の泉

水温む昔日の緋鯉今もゐて

燃えそめし菜殻火を野に任せ去る

またも水爆実験行はる

心頭に降るもの菜殻火の灰ならず

安食保養所に入所す　二句

水鶏鳴く吾を忘れて妻生きよ

梅雨灯す肺縦横に撮られ来て

梅雨螢喪よりもひそと女の瞳《め》

笹百合や君らがともす食後の灯

明日描かむ桔梗を水に浸し置く

砂川基地のたたかひをテレビで見る

雨夜のちちろ何に流せし君等の血

マスク二つ窓外に垂れ雪降れり

山茶花や職得てややに肥えし妻

ハンドカスタ手挙げて鳴らす子らに雪

魯迅の詩を読む

雁帰る生涯吾等民の牛

栗の花安静時間ゆるぎなし

涼しさに鹿子伊勢海老髭をふる

中宮寺

法師蟬遠鳴く半跏思惟像に

法隆寺・百済観音

霧の海あるいは渡り来たまひし

奈良国立博物館

阿修羅像見てゐしに雪降り出だす

菅原寺

池氷るつんぼの媼《おうな》一人ゐて

唐招提寺

佛頭の鼻欠けて鵙叫喚す

教育危機全国大会

デモの旗どどと赤しや春疾風

天刑のごと刈草を農夫負ふ

数年ぶりに故郷に帰る

今朝秋の故郷人やどどと老ゆ

当麻寺

麻呂子山よりの雲曳き月夜の塔

伊勢湾台風

暁紅や戦禍のごとく折れ立つ樹々

年忘れ君遠ければ亡きに似て

曇日や波ふきげんに冬の湖

昼月と在り秋篠の雑木林

雪の峡なほ行く誰のためでもなく

頑《かたく》なに太り木曾路の谷氷柱

日米安保反対運動激化す　二句

梅雨の傘ひしめく樺《かんば》美智子の死

デモ疲れの妻が足拭く梅雨の雷

菓子のやうに炭火燃え子の誕生日

石へ石凍てつく広場テロ憎む

沖縄亡ぶさまに口あけ鵙の贄《にえ》

雪夜眠る痛む喉など痛ましめ

伊奈波中学校に転任す

朝ざくらかがやく顔が吾を待つ

雪柳母を亡くせし子に礼す

集中豪雨全国各地を襲ふ岐阜市もまた　六句

泥かぶり泥かぶり夜のひきがへる

靄が消す街ぼうぼうと梅雨の川

暗き出水「休校」の二字しぶきをり

洪水の流しくる木々貧苦に似て
浸水の家の灯がみな吾へ射す

けら泳ぐ浸水の嵩きはまれば

十六年目の原爆忌に

蟬しぐれ原爆死者を誰がつくる

松川事件被告全員無罪判決くだる

白シャツの教へ子らとゐて無罪と聞く

髪洗ふ子を小さくして初湯の灯

原潜寄港阻止横須賀集会

デモの旗竿肩にみかんを分かち食ふ

雪しまく峡田義民の碑はどこぞ

うたふやうに吾子呼ぶ子らや春隣

飛騨民俗館

秋風や杵もて米をつきたる世

唐招提寺　三句

鰯雲金堂の鴟尾動き出づ

霧湧くや経蔵宝蔵相寄らず

秋風に去る鑑真の坐像見ず

日のぬくみある石の辺の冬すみれ

旧「鶴」発行所の森総彦兄永眠

雪虫や総彦もその句もやさし

大恵那の闇の涯底《そこい》の草螢

友の荷を背負ふも旅やきりぎりす

きのふの君とかへる夕焼水車

出勤の手を振る高さ木槿咲く

嬉しくて走るときあり木の実降る

万里ちゃん永眠

春の風邪やさしく咳きて悼みけり

先生の句の酒中花も花果てぬ

「力紐梅雨じめりして妻も来ず」の句を思ひ出でて

鉄線花夫人こそ師の力紐

友呼ぶ子背に跳ね七夕竹伐りに

一つ飛ぶ梅雨の古墳の大鴉

トンネルを出づれば北へ秋の川

飛騨は亡き人の故郷芋嵐

秋の夜のノック低きは隣ならむ

「万蕾」創刊

昭和四十七年〜五十六年

忘恩や吹かれ吹かるる稲架の鵙

柿の種舌に遊ばす波郷の忌

黙り鵙百日黙さば才長けむ

綿虫の飛びゐしを子に告げらるる

おのれより寒き老鵜といたはるや

殿村菟絲子先生

恵那山のかぐろきまでや年の暮

木曾にきて初鶏のこの勁き声
すかんぽの畦薬師寺の塔が見ゆ

狛犬の憤怒の口の薄暑かな

戒壇院址

戒壇の石階や蜂は巣づくりに

百姓の昼寝の葛の葉を敷きぬ

香具山へ干瓢一筋づつ垂らす

石仏やふたつ出でゐし茗荷の子

福島先生永眠

告別や河わたりゆく秋の蝶

マスクして鶴の白さに隣りけり

岸田稚魚兄『筍流し』にて俳人協会賞を受く

注連飾掲げ直して君を祝ぐ

春立つと丸薬を呑み下しけり

風邪癒えし頬撫でをれば暖かき

卒業式君ら和ます父母の咳

朴はわが郷関の花夜も白し

白波を海に走らせ早稲を刈る

華厳寺の時雨や山を移り来る

せきれいの白を点じて川氷る

神が田に降りてくる日の軒氷柱

雪ふるや雪の音して凍て楮
飛驒女の指のつよさよ楮そろひ

千国街道　二句

汗の目に彫りの確かや道祖神

いたどりや残雪ほそる塩の道

とどまりて風の眼となる鬼やんま

事故死あり

哭きやめて骨肉の死や鉦叩

山国やめざめゐる目の枝蛙

藤村記念館

藤村の寡黙の夕の白牡丹

石田あき子夫人を悼む

おくれきて椿の鵯に啼かれけり

姉逝く　三句

花どきの姉の素顔の死せるなり

木瓜白し何の声待つ通夜の壺

姉の死ののちの夕月花蘇芳

分厚くて背の確かなる紅葉鮒

泳ぎゐて頭の重りくる紅葉鮒

早春の一樹を占めて鳶の群

初孫誕生　三句

木や草や半裸にて水打ちに打つ

火の玉となりて嬰の泣く旱かな

赤ん坊のあくびのあとの夜の涼

奈良朝の官窯岐阜市芥見老洞古窯跡群発掘調査に参加す　五句

古窯発掘山腹を飛ぶ鬼やんま

古窯掘る汗髭に溜め異国人

発掘の𤭯《はそう》に汗はぽたぽたと
（𤭯は須恵器の一種で酒をつぐに用ゐしといふ）

窯床の須恵器累々と山の蟬

羽化の蟬出土須恵器もみづみづし

かたまつて紅玉冷ゆるまむしぐさ

藤子川今をむかしにさねかづら

長崎にて

冬も噴水無数の死者の水欲れば

春暁や椿百樹の波郷邸

幾春や亡師が持ちし竹箒

大塚麓先生永眠　三句

師や逝きて道残りたる木瓜の花

麓亡し加野の夜更けの遠蛙

夜蛙や一語書きたす追悼記

駅の木の林檎が青し北信濃

八方尾根　二句

霧晴れし岳やつばめの自在境

ことごとく風形の穂や稚児車《ちんぐるま》

たぬき豆の花咲くを見に子どもたち
匂ひ濃き竜脳菊を道すがら

美濃近江頒つ小溝も雁のころ

賀状三枚書きて眼鏡を置く机上

初湯出て赤子が手足よろこばす

爪持ちて子の蹤《つ》いて来る日の真下

船中の飾り絵凧も海の揺れ

昭和五十三年老洞古窯跡発掘刻印須恵器出土

立春の須恵器がとどめゐし「美濃」よ

まんさくの花びら動く雨の午後

岩うちはその群生の過去へ朝日

幾春の山の日へ咲き岩うちは
三日見て山芍薬の芽と知れる

迅雷ののちの夕映え阿波踊り

見えぬ海の夕闇を曳き阿波踊り

生粋の君は阿波人阿波踊り
その手足踊る阿呆に徹しけり

次女結婚

青天をつらぬく赤さ一位の実

せきれいや北へ流るる飛驒の川

豪雪に灯ともして飛騨国分寺

恵那山がもう見えるころ暖房車

急な坂好む馬籠の橇の子ら

童子とて恋は無言や鳥雲に

渡岸寺訪ねるによき植田道

五月憂し子うさぎ抱きて旅せむか

島崎楠雄氏告別式　二句

弔辞聞くあとさきのこゑほととぎす

紫陽花も君の遺愛の花ならむ

水原秋桜子先生を悼む

師を惜しむ白根葵の濃紫

畦焼いて暮色ただよふ湖の村

魞挿すやきのふにつづく比叡比良

魞挿してだんだん沖へ舟の人

春月の上りつめたる鳰のころ

達志洋志あかりまた稚児春の雪

あとがき

本集は、一九五三年（昭和二十八年）から一九八一年（昭和五十六年）までの初期の作品を年代順に収めた。前半は「鶴」（石田波郷選）から、後半は「万蕾」からなる。

波郷先生から、俳誌「鶴」の巻頭で、

雪夜眠る痛む喉など痛ましめ
泥かぶり泥かぶり夜のひきがへる

の二句について選評を書いて頂けたこと。また、外川飼虎氏によって『現代俳句辞典』（富士見書房・一九八八年刊）に、

朴はわが郷関の花夜も白し
美濃近江頒つ小溝も雁のころ

の二句を掲載して頂けたこと。これらのことは、私にとって大きな喜びであり、俳句を続けていく上で大きな力となった。

私が俳句の道に進むきっかけになったのは、中学時代の国語の師大塚麓先生、岐阜青年師範学校の国文学の師伊藤眞琴先生との出会いで、お二人は俳句への土壌を培ってくれた。

一九五三年（昭和二十八年）に「鶴」に入会するきっかけとなったのは、馬籠の藤村記念館での俳人石塚友二氏の記念講演「藤村と芭蕉」を聞きに行ったことであった。講演後、友二氏に挨拶に行っ

たところ、氏は「来年四月に、石田波郷が『鶴』を再復刊する」と教えてくれた。私はこの頃すでに石田波郷の句集『雨覆』『惜命』などに触れ、波郷に強く惹かれていたので、「鶴」再復刊の知らせは私にとっては本当に嬉しいことであった。

私は再復刊を待ち、直ぐに入会した。ここから私の俳句生活が始まる。一九五六年（昭和三十一年）に「鶴」同人となり、俳句活動の場を与えられた。また波郷先生の没後も、殿村莬絲子先生のお誘いで「万蕾」の創刊に関わり、引き続き活動できたことは幸運であった。

雁は秋の季語であるが、「春」と「旅」が好きな私は、春に北へ飛びたつ雁の姿に「期待感」を持つ。雁は、私の住んでいる岐阜ではほとんど見られず、私にとっては憧れの鳥である。そんな気持ちからこの句集名を『春の雁』とした。

本集前半の「鶴」の部分は、正確さを期すため、娘夫婦が東京の俳句文学館に三日間缶詰状態で、俳誌「鶴」から私の俳句を拾ってくれたおかげで作ることができた。また後半の「万蕾」の部分は、永方裕子さんが俳誌「万蕾」から私の俳句を抜き出してノートに書き写してくれたおかげである。深く感謝したい。

出版に際して、四半世紀も根気よく句集作成のお声をかけてくださった「文學の森」の寺田敬子様に厚くお礼申し上げます。

多くの方々にお世話になりながら句集を完成できたことを、嬉しく思います。

二〇一四年十月

所　山花

著者略歴

所　山花（ところ・さんか）本名　稔

1927年（昭和２年）４月18日岐阜県揖斐郡長瀬村（現揖斐川町）生まれ。岐阜青年師範学校（現岐阜大学教育学部）卒業。1948年（昭和23年）～1983年（昭和58年）まで中学校教員として勤務。1983年（昭和58年）岐阜市立藍川東中学校（最終勤務校）の校歌作詞。

1953年（昭和28年）「鶴」入会、石田波郷に師事
1956年（昭和31年）「鶴」同人
1972年（昭和47年）「万蕾」（殿村菟絲子主宰）創刊同人
俳人協会会員

現　在「椰」顧問、「風切」代表

現住所　〒501-3127　岐阜市大洞桜台4-39

句集
春《はる》の雁《かり》

発　行　平成二十七年一月三日
著　者　所　山花
発行者　大山基利
発行所　株式会社　文學の森
〒一六九-〇〇七五
東京都新宿区高田馬場二-一-二　田島ビル八階
tel 03-5292-9188　fax 03-5292-9199
e-mail mori@bungak.com
ホームページ http://www.bungak.com
印刷・製本　竹田　登

ISBN978-4-86173-959-0　C0092